倫普丁和勇敢的朋友們
~到廣闊遙遠的世界冒險~
Das Rumpelding
seine kleinen, mutigen Freunde
und die große, weite Welt
尤麗・洛伊策Julie Leuze◎文
艾絲緹德・韓恩Astrid Henn◎圖
杜子倩◎譯

答案在哪裡？

林玫伶
（臺北市國語實小校長、兒童文學作家）

倫普丁，故事裡的主角。沒有任何生物跟他一樣，他不知道自己是誰，整個故事有如身世解謎，開啟追尋自我的旅程。

旅程是冒險的，他不知道何處可以找到答案，決定踏出住家溫室的第一步，就是未知的開始，充滿風險。倫普丁不是獨自行動，一路上遇見了許多好朋友，給他建議、陪他同行，每個小夥伴都讓他的冒險行程充滿友誼的芬芳。

本來以為故事將有如《綠野仙蹤》的情節般，路上遇到幾個不同的朋友，一起結伴冒險最終完成任務，但，不是。如果把這趟旅程當成一列行駛的火車，那麼有的朋友上車，有的朋友在月臺送行祝福，有的朋友因為某些因素中途下車，但仍不減損彼此的友情，這樣反而更接近真實的人生。

旅程沒有目的地，或者說，目的地並不明確，不過故事中不斷出現「廣闊遙遠的世界」，並且強調：「所有的答案都在那裡」。

這樣的描述耐人尋味，讀者們不妨細細咀嚼，冒險隊伍的小夥伴們都在「廣闊遙遠的世界」裡找到他們的答案

了嗎？

倫普丁的問題是：這世界上有沒有跟我一樣的生物？

呼嚕的問題是：我能擺脫規定，走進陌生的地方嗎？

希弗、妮弗這對猜謎家的問題是：我們想要對這個世界認識更多更多，破解最難的謎語。

為了追尋這些答案，四個朋友勇敢的迎向一個個不同的挑戰。有趣的是，就在他們艱辛的化險為夷，倫普丁幾乎有機會知道身世之謎時，他卻放棄了，選擇回到家裡。

廣闊遙遠的世界，讓小夥伴們探索生命的答案。

溫暖舒適的家庭，讓小夥伴們感受被需要的溫暖。

兩者乍似矛盾。然而，正因為走過一回探險，才更能感受家

的意義。這是「從在家到離家，從離家到回家」的歷程，倫普丁和呼嚕的心境已跟離家之前大不相同。

外面的世界有一股「不知前頭路，究竟有什麼」的吸引力，家裡有一種「不管你是誰，我就是愛你」的篤定感。這個故事告訴我們，兩者都是生命成長的養分啊！

當然，讀者也不一定要讀出故事裡那麼多的「微言大義」，這裡有趣味橫生的對話、有充滿想像力的情節、有一直賣關子的故事梗，還有非鼠非人的「松鼠人」、長年關節痛的吸血鬼、寂寞耍詐的美人魚、恐懼漂亮的女巫，他們不斷向你招手，一起進入倫普丁和他朋友的世界吧。

光是這樣，就夠好玩了呢！

目錄

1 河邊的小村

打從倫普丁懂得思考以來，他就住在河邊的小村裡。

他和魔法師住在一間歪歪斜斜的小房子裡，他們倆都住得很舒服。倫普丁是魔法師齊瑪林的寵物。雖然……說他是寵物並不完全正確，因為倫普丁不是一隻動物，而是一個……

哎，反正就是倫普丁！

他雖然也有像貓一樣的柔軟毛皮、像狗一樣的靈敏鼻子，但是，他既不喝牛奶也不啃骨頭，而是什麼都吃，只要那東西能在肚子裡發出嘰哩咕嚕響聲，例如，河裡的鵝卵石或堅硬的核果。他飯後喜歡吃幾團塵屑當點心，塵屑團雖然不會咕嚕作響，但是倫普丁愛吃它們的程度還勝過鵝卵石。

其實倫普丁蠻喜歡住在魔法師齊瑪林家裡。魔法師對他很好，晚上坐在沙發上時還會摸摸倫普丁的小肚子。魔法師也從不吸掉灰塵，這樣倫普丁在客廳裡就能一直有四處飄散的東西吃。

問題只在於：齊瑪林不是特別「出色」的魔法師。他還需要多練習，才有資格說自己是魔法大師，這也是他偉大的人生目標。也因為如此，齊瑪林每天一大早就鑽進他的工作室，在那裡不斷反覆練習。一練就是好幾個小時！要是他能陪倫普丁玩或出門走走，不知有多好。

可是，當倫普丁抱怨時，齊瑪林只說：「倫普丁，施展魔法是我的工作，我不能只是因為你無聊就放著它不管。而且，我真的很想、很想通過魔法大師的考試，難道你不明白嗎？我的小寶貝。」

不，倫普丁不明白。他才不在乎齊瑪林是普通魔法師還是魔法大師呢！不過，算了，如果這對齊瑪林這麼重要的話……

所以倫普丁就隨便齊瑪林去練習了。他也會在旁邊看一下，偶爾聽到一兩句咒語。不然他就玩他的樂高積木或者晃到外面去。就像今天，黃澄澄的陽光從天空中灑下來……這種天氣根本不該待在家裡的！齊瑪林卻不這麼想。

倫普丁興匆匆的跑到鄰居家大喊：「呼嚕！喂，呼嚕！你聽到了嗎？」

二樓窗戶打開了。

「倫普丁，你要做什麼？」呼嚕說：「我沒空，我正在忙。」

倫普丁的好朋友呼嚕是一隻深玫瑰色的小豬（不是粉紅色，這點對他很重要！）。大多數時間，他是一個好夥伴，不過有時候他的心情會不太好。可能是因為他媽媽不准他做這個、不准他做那個：可憐的呼嚕不准把自己弄髒、不准走過河上那座搖搖晃晃的橋、天黑不准在外面玩，而且他必須用刀叉規規矩矩的吃飯。老實說，這樣的話，有哪一隻小豬心情會好？

「你在忙什麼？」普倫丁抬頭對他喊。

「呃，」呼嚕支支吾吾說：「我……呃……我什麼都忙。」

什麼都忙？看來呼嚕又得打掃自己的房間了，房間才會像他媽媽老掛在嘴邊的一句：「裡面看起來才不會像豬窩。」

「來啦！」普倫丁開始慫恿他，「出太陽了，而且你也可以今天晚上打掃房間啊！我們去河邊，我想吃幾顆又脆又好吃的鵝卵石。我們還可以蓋一座水壩！你覺得怎麼樣？」

呼嚕遲疑著。他和倫普丁一樣好想在小村閒晃，然後

去河邊玩，但是他媽媽一定不會准許他晚一點再打掃房間。呼嚕嘆了口氣。

他是一隻很聽話的小豬，所以他回說：「謝了，不必了！鵝卵石，噁心！吃了會肚子痛。」他皺皺鼻子嘴巴：「吃這個東西好奇怪。」。

「一點都不奇怪！」倫普丁回嘴，還不服氣的加上一句：「你自己才奇怪咧！」

呼嚕在胸前交疊起雙臂：「我？我哪裡奇怪？我是一隻很正常的豬。而你呢？誰會沒事吃鵝卵石啊？動物不會，魔法師不會，那個……叫什麼的奇怪生物……呃……

人類！人類也不會。」

「那又怎麼樣？」倫普丁不安的回答。

呼嚕不放過他：「沒有人像你一樣。村裡沒有，河邊沒有。差不多可以說，你是這個廣闊遙遠的世界裡唯一的倫普丁！」

倫普丁愣住。他不再說話，因為事實上，呼嚕說的沒錯。

一時間，倫普丁陷入沉思。

2 勇敢的計畫

倫普丁從來沒看過別的倫普丁？為什麼沒有？

他是唯一的倫普丁？

他沒胃口吃鵝卵石了，也不想蓋水壩了。他轉過身，垂頭喪氣的走回魔法師的小房子。

「倫普丁，等一下！」呼

嚕在他背後喊，「你別生氣，我不是故意的。對不起，我說真的啦！我會快點打掃房間，然後我們就去蓋水壩，好不好？」

但是倫普丁沮喪的搖搖頭。「明天再看看吧。」他喃喃自語，然後關上背後的門。他站在昏暗的走廊，想著事情。

接著，他遲疑的走進魔法師的工作室。

「齊瑪林，」倫普丁說：「我想要問你一些事。」

魔法師漫不經心的望了他一眼，回答：「嗯，好啊，倫普丁。」卻又馬上將頭埋進魔法書裡。

倫普丁雙腳來回踱步。「你知道嗎？呼嚕說我是……」

「啊！老天！為什麼不行呢？」魔法師自言自語。

「他說我很奇怪。」倫普丁繼續說：「他還說我也許是這個廣闊遙遠的世界裡唯一的倫普丁。」

「我是不是該換一種口氣說咒語？」魔法師苦思著。

倫普丁扯了扯魔法師的斗篷。「你還認識其他的倫普丁嗎？」

「這樣就對了，我想這樣應該可以……」魔法師的臉頰亮了起來。「哈，我馬上就來試試看。哈！不成功的話

可是會被人家笑的。」倫普丁放開魔法師的斗篷，兩隻前腳扠著腰：「哎喲！你到底有沒有在聽我說啊？」

「什麼？啊，倫普丁，你還在這裡啊！小寶貝，你不想去玩嗎？我現在真的沒空。」

倫普丁氣呼呼的衝出工作室，用力踏上嘎吱作響的樓梯，然後大力甩上兒童房的門。兒童房？哼！倫普丁才不是小孩！但是他也不是寵物，也不像呼嚕一樣是深玫瑰色的小豬。他是倫普丁。可惡！他現在一定要知道是不是有別的倫普丁！

有個想法從他心底冒了出來。

這個想法愈變愈大，愈來愈強烈。

然後，倫普丁內心的想法變成一個計畫。

那是一個好計畫！但同時也蠻危險的。

「好吧，」倫普丁固執的抬起他小小的鼻子嘴巴，「既然魔法師不肯幫我，我在村裡也找不到答案，那我沒有別的選擇了：我要出門旅行！」

他毅然決然抓起他的後背包，把所有去廣闊遙遠的世界中旅行所需要的東西通通塞進去：一支手電筒、一份作為糧食的蛋糕屑、一個酥脆的小木盒和幾團塵屑，還有一塊抹布。

他考慮了一下，又把抹布抽出。然後，揹起背包，輕輕帶上門，悄悄走下樓梯。樓梯再度發出嘎吱聲，不過魔法師工作得正專心，根本什麼都察覺不到。

倫普丁就這麼悄悄離開家，出門去流浪了。陽光和煦的照在他的毛皮上，微風在他的耳邊輕輕吹拂。他的觸鬚激動的豎起。

倫普丁從來沒有去過廣闊遙遠的世界，更別提自己是單獨行動了！

他有一點難過，倫普丁不得不承認，這對他來說並不容易。

就在這時，他聽到背後有小豬的跑步聲。

「倫普丁，等一等！」呼嚕氣喘吁吁的說：「我要跟你去河邊！」

「我不去河邊，」倫普丁嚴肅的說：「我要去廣闊遙遠的世界。」

「去廣闊遙遠的世界？」呼嚕不明白他的意思。「為什麼？」

「因為我一定要知道，除了我以外，還有沒有別的倫普丁。」倫普丁解釋。

呼嚕皺起臉，哀號起來：「唉唉唉，是我的錯，都是

我不好！倫普丁，求求你原諒我剛才亂講話！我剛才心情不好……走！我們去河邊好不好？」

倫普丁用力搖搖頭。

「可是，可是，」呼嚕跑到倫普丁旁邊，扭動著腳蹄，「去廣闊遙遠的世界是很危險的！我媽總是跟我說：『呼嚕，河邊的橋通往陌生的地方，你絕對不可以走過去！』」

「你也許不行，但是我可以。」

倫普丁大步往前走，抬起鼻子嗅聞，因為他聞到了……那廣闊遙遠世界的氣味。

那氣味聞起來令人興奮，很奇特，也很誘人，聞起來像多彩的花朵，像深邃的樹林，像帶鹽味的水，像陡峭的山峰。

倫普丁和呼嚕已經走到小村的盡頭了。在他們眼前是藍綠色的潺潺河流。那座拱起的木橋似乎邀請著他們走上去。河岸的另一頭是陌生的景象：一大片花朵繽紛的草地。

「再見了，呼嚕。」倫普丁說，他覺得自己像一個真正的冒險家。「如果我沒回來，我要你知道，我一直把你當好朋友。嗯，大部分的時候。」

呼嚕看著橋。

又回頭看看小村。

再回頭看看橋。

「好，」呼嚕最後嚥了嚥口水說：「我跟你去。」

「什麼？」倫普丁睜大眼睛。「你剛剛說什麼？」

「倫普丁，你聽清楚！」呼嚕說：「我說『好，我跟你去。』雖然我媽媽禁止我過橋去陌生的地方。但是，另一方面，她也總是說：『呼嚕，我們不可以丟下朋友不管！』」

倫普丁微笑了起來。

呼嚕抓住倫普丁的手，一起過河。在他們腳下是輕輕的水波聲，聽起來就像在祝福這對朋友一切好運。

3 小精靈

陌生的地方好大啊！

真是大。

非常、非常大！

倫普丁和呼嚕不停的走走跳跳，然後才意識到他們一直看到相同的景象：綠色的草、紅色的罌粟花、藍色的風鈴草和白色的瑪格麗特。花朵對他

們展開笑顏，草地一望無際。倫普丁到底什麼時候才找得到別的倫普丁？

「我的腳好痛！」呼嚕抱怨著。「而且我餓了。我想休息一下。」

他砰的一聲，一屁股跌坐在草和花之間。

「啊！」呼嚕的屁股下面傳出叫聲，他跳了起來。

兩人嚇得看著呼嚕剛剛坐下的地方。

哎呀！小豬剛才坐在一隻精靈上面！她那小小的花衣裳被壓縐了，她揉著手臂。

「你坐下時要小心點！」精靈女孩罵：「你可是很重

的！」

「對不起，」呼嚕尷尬的說：「我很抱歉。」

精靈女孩嘴裡仍不住輕聲嘀咕，接著歪著頭打量著他們倆。

倫普丁和呼嚕也同樣好奇回看著小精靈。

精靈女孩好漂亮，倫普丁心想。不知道她叫什麼名字？也許叫作花之星公主？這很適合她。倫普丁微笑。

小精靈忽然也對倫普丁微笑起來，看來她不生氣了。

「我叫妮弗。」她說，然後用大拇指懶懶指著自己背後，「那是我弟弟希弗。」

草叢間出現了一位小小的精靈男孩。他的帽子和衣服都是鮮綠葉片做的。他的臉頰閃閃發亮。「好棒，有客人！」小精靈男孩拍拍手。「我喜歡客人，尤其是這種可愛的粉紅小豬……」

「我才不是粉紅色的咧！」呼嚕生氣的打斷他：「我是深玫瑰色！」

「說到顏色，」希佛不受影響的繼續說：「哪一種球是綠色的，而且可以吃？」

妮弗大喊：「結球萵苣！」

「沒錯！」希弗大笑，姐弟倆互相擊掌。

倫普丁和呼嚕迷惑的互看一眼。

「這是一個謎語。」希弗解釋，「姐姐和我愛死猜謎了，我們是這附近最厲害的猜謎王。啊！對了，哪一種布是不能做衣服的？」

「當然是瀑布。」妮弗翻白眼。「拜託，希弗，這也太簡單了！」

突然間，倫普丁靈機一動。他的心在胸膛猛烈跳動。

「也許我可以給你們一個更好的謎語。」他對精靈姐弟說：「妮弗，希弗，你們仔細看我：我是什麼？」

倫普丁緊張的閉住呼吸。如果精靈姐弟能告訴他，表示他們曾經見過某個像他一樣的倫普丁，那就是說，世界上還有別的倫普丁存在！說不定就在附近呢！

希弗瞇起眼睛，頭往前伸。

「嗯，你不是精靈，不是豬，也不是青蛙……對了，為什麼下雨時青蛙要跳進池塘裡？」

「這樣他才不會弄溼。」妮弗大喊。

倫普丁失望的垂下頭。

呼嚕低聲說：「他們兩個只會胡扯那些謎語！我們走，別在這裡浪費時間了！而且我媽媽總是說：『別和精靈打交道！』」

「好吧，」倫普丁心想，接著說：「妮弗，希弗，再見！我們要繼續走，去廣闊遙遠的世界。我們一定會在某個地方找到謎題的答案。很高興認識你們。」

呼嚕朝兩位精靈點個頭，嘟噥一聲，然後就和倫普丁上路了，因為他們可不會如此輕易放棄！

4 廣闊遙遠的世界

倫普丁和呼嚕在開滿花朵的草地中才走不到幾步路，背後就有聲音傳來。

是妮弗。「喂！你們兩個，等一下啦！」

「我們快走！」呼嚕小聲對倫普丁說，可是倫普丁卻停下腳步，轉過身去。

兩位精靈在他們後面興奮的嗡嗡飛來。

「你想知道你是什麼生物？我們也想知道！」妮弗喊，「我們要跟你們一起去。」

「好啊！」倫普丁開心回應。

「不要！」呼嚕驚叫。

倫普丁看著他的朋友，「可是說不定他們能幫助我們……」

妮弗豎起耳朵，「我們一定能幫助你們的。」她說：「你們叫什麼名字？」

倫普丁指著小豬：「他叫呼嚕，我叫倫普丁。」

「呼嚕，倫普丁，你們好。」妮弗微笑著。「比如說，我們可以幫你們指路。」

呼嚕搔搔耳後。「指路？什麼路？」

「通往廣闊遙遠世界的那條路。」妮弗認真的說，「所有的答案就在那條路上。」

倫普丁的臉龐瞬間亮起來。聽起來很棒！

但是呼嚕卻傾身向前，在他朋友耳邊低語：「倫普丁，你知道的，我媽媽總是說：『呼嚕，千萬別和精靈……』」

倫普丁將他拉到一旁。「算了啦，呼嚕！四個比兩個一起去廣闊遙遠的世界要安全多了。你媽媽一定也會這麼覺得，你說對不對？」

呼嚕沉著臉思考著倫普丁的話。「好吧！」最後他悶悶不樂的說。

就這麼決定了。妮弗和希弗和他們一起去！

「朋友們，出發了！」倫普丁激昂歡呼。

「耶！」妮弗尖叫，她站起來，繞著倫普丁和呼嚕飛舞。「我們得走到草地後面。」

「還要走到灰冥山後面。」希弗補充，一邊指著前方一座小森林後面，矗立在天空下的巨大山脈。「對了，灰色，有四條腿，好幾噸重的是什麼？」

「太簡單了！」呼嚕咕噥著，「是大象。」

「錯！」妮弗嘻笑，「是一隻超級肥的老鼠！」

精靈姐弟大笑。

呼嚕看起來一點也不覺得好笑。「哎，根本沒有這麼肥的老鼠。」他沉默的踏步向前，然後問：「你們說的『灰冥山』到底是什麼意思？聽起來就不像是一隻弱小無助、純潔無邪的小豬該去的地方……」

「誰說的，呼嚕，」倫普丁邊說邊看著前方，「如果廣闊遙遠的世界躲在這些山脈的後面，那我們就必須爬過

這些山脈。」

「你真是個大膽的笨蛋！」呼嚕嘟囔著，「為什麼你有時候就不能膽小一點？」

倫普丁咧嘴呵呵笑著。於是他們一起進入小森林。

太陽緩緩下山，四個小伙伴還是勇往直前。

他們的肚子咕嚕咕嚕叫了。呼嚕吃了幾朵美味的野菇，倫普丁從背包抓出幾團塵屑大嚼，精靈姐弟則品嚐小而甜的野草莓。

這就是冒險的生活！倫普丁覺得自己既勇敢又大膽，他要和朋友一起對抗所有的危險！

5 在黑暗的森林中

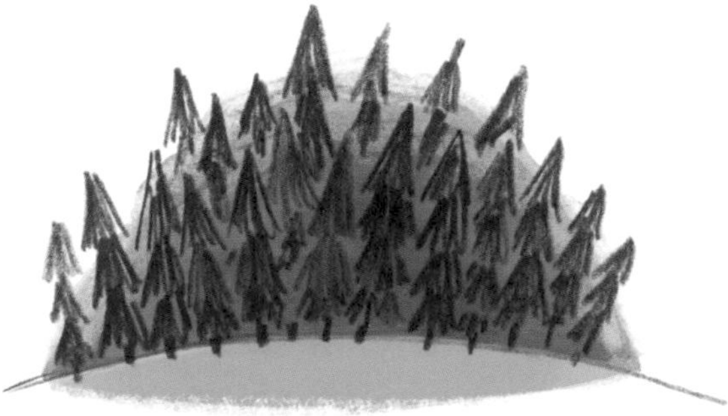

他們走了又走，走了又走。太陽已躲到樹林後面。愈來愈冷了，也愈來愈暗了。這裡的樹木密密麻麻，只有些許的陽光能照射到地面。倫普丁和呼嚕沉默的邁步向前。路上有隻烏鴉嘎嘎飛過，還有一隻蝙蝠掠過倫普丁的頭。

灰冥山近在眼前了。倫普丁背脊發涼。陽光下的灰冥山，他完全沒問題！但是黑暗陰森的灰冥山……

倫普丁不禁想起齊瑪林，想起晚間時分，舒服的壁爐火焰燒得劈啪作響，還有柔軟的沙發和蓬鬆的抱枕……

「你們還在等什麼？」希弗對著他們喊。他從一根低垂的樹枝下方迅速穿過，他姐姐則像一支小火箭般射入夜空。「快！快！」她從上面喊。「不然等我們到達廣闊遙遠的世界，就要過耶誕節了！」

「啊，對了，」希弗說，「哪一個人耐不住夏天？」

「雪人！」妮弗大喊。

「唉唉！」呼嚕嘀咕著，「倫普丁，我們要不要回去？我們也可以在村子裡找你的親戚啊！他們說不定躲在……呃……稻草堆裡，還是在麵包店裡，還是……」

倫普丁考慮了三秒鐘，然後用力搖搖頭。「不要，呼嚕，」他說，「沒有用的，我又不是不熟悉村子。我知道穀倉後面的稻草堆，麵包店的麵粉木桶，還有老井裡的藏身處。那裡沒有人、沒有人跟我一樣！」他看著呼嚕，「我們已經走這麼遠了，現在我一定要繼續走下去，如果你願意跟，那就太好了！」

呼嚕不開心嘟囔著。他很為難。他想起媽媽，她一定很擔心！但是他的朋友也需要他……

「好，倫普丁，」他勇敢的說，「我跟你走到山脈的後面，但是之後我們就回家。」

倫普丁熱切點頭，山脈的後面就是廣闊遙遠世界的開始，在那裡他將會得到答案！

「你真是一隻很棒的豬！」妮弗的聲音忽然溫柔起來，她熱情注視著呼嚕，「好勇敢，這才叫真正的朋友。」

呼嚕驚喜抬起眼，鼻嘴變得紅通通，完全不知道眼睛該看哪裡。

但是這時希弗清清嗓子：「哎，朋友們，我不想打擾你們，但是天快黑了，我看我們不如先在森林裡找個地方睡覺，睡飽了，明天才有力氣出發上山。前面大橡樹下是個過夜的好地方。」

「什麼？在森林裡睡覺？」呼嚕嘆了口氣，不過他還是隨著朋友們走到大橡樹下。

他們一起蒐集了柔軟的苔癬和芳香的落葉，用這些鋪成一張大大的森林睡床。

希弗用一片橡樹葉當被子，妮弗則為自己找了一片漂亮的槭樹葉。

四個朋友緊緊依偎。呼嚕貼在倫普丁蓬鬆的毛皮旁，倫普丁很高興呼嚕靠自己這麼近。

廣闊遙遠的世界等著他們，明天又是嶄新的一天。

沒多久，大橡樹下就傳來微微鼾聲。

四個朋友各做各的夢：希弗夢到全世界最難解的謎語；妮弗夢到紅通通的豬鼻嘴；呼嚕夢到媽媽；倫普丁夢到別的倫普丁。

他明天是否真的能找到他們呢？

6 危險的松鼠人

有人搔著倫普丁的毛皮。

一定是魔法師。「早餐好了嗎？」倫普丁還在半夢半醒之間。他睡眼惺忪的睜開眼睛。

「哇！」倫普丁驚慌大叫，因為他看到一張怪物的臉！怪物有巨大的牙齒，正坐在倫普丁的床上，靠他很近。沒錯，

魔法師是做了早餐：倫普丁就是那份早餐！

「你嚇到了？」怪物歪著頭問，他的聲音挺溫和，聽起來完全不餓。其實他看起來一點也不危險。確切的說，他看起來更像一隻……松鼠？

倫普丁坐起身，揉揉眼睛。真的耶，在他的面前是一隻松鼠，有著銳利的大牙齒！

就在此時，早晨的陽光穿過樹枝，令人訝異的事發生了：松鼠的牙齒開始閃爍！變得模糊……

然後愈來愈小……

愈來愈小……

等到呼嚕和精靈姐弟醒來，在晨光中伸懶腰時，大牙怪已經變成一隻極其普通的松鼠了。

「好酷喔！」倫普丁抖抖自己的毛皮，然後跳下床。「這招太厲害了！你能教我嗎？」

「這才不是什麼絕招！」松鼠說，「這是我每天早晨的變化，其實我是一個松鼠人，不過你一定已經想到了吧？」

「呃，是的……」倫普丁結巴回答。他該承認自己從來沒聽過「松鼠人」嗎？

由於倫普丁不知道該說什麼，就開始啃起一根低垂的

樹枝。味道真不錯。

「什麼是『松鼠人』啊？」呼嚕一邊喃喃自問，一邊撥開身上沙沙作響的落葉。

「什麼東西在森林裡到處敲門找食物？」希弗打著哈欠問。

「啄木鳥。」妮弗立刻接口。

「妮弗，妳真的好聰明。」呼嚕睡眼矇矓的說。妮弗聽了對他親切微笑。

松鼠人清清嗓子。「松鼠人，」他一面看著大家一面解釋，「就是一種動物人，就像狼人，你們明白嗎？白天

我是一隻普通的動物，但到了晚上……喲喲！我就變身了，變得非常危險！」

松鼠人似乎對自己很危險這件事大為驕傲，於是倫普丁禮貌的問：「剛才你的牙齒真的很嚇人。如果太陽沒讓你變身，你會吃掉我嗎？」

「哎，你聽著，」松鼠人兩隻前腳扠著腰，「我雖然很危險，但是並不壞。」

「喂，倫普丁，你可不可以不要再啃這根樹枝了？」希弗問，「我認為你馬上就會……」

「……把它啃斷了！」妮弗大叫，那根老橡樹的樹枝喀啦一聲掉在他們的葉床上。在這千鈞一髮的時刻，倫普丁和呼嚕跳到一旁，精靈姐弟則飛起來。

「對不起，」倫普丁囁嚅著說，「我餓了。」

「你是水獺，所以咬得斷樹枝？」松鼠人好奇的看著倫普丁。「我認識的水獺和你長得完全不一樣。」

「我不是水獺，」倫普丁解釋，「而是一個倫普丁。對了，松鼠人，你知道森林裡是不是還有別的倫普丁？」

松鼠人搖搖頭。「別的倫普丁？抱歉，我不知道。」

「可惜！」倫普丁嘆氣。「沒有人跟自己一樣，感覺真不好。」

「我懂你的感覺。」松鼠人神情黯然的說。「狼人只會笑我，松鼠不喜歡我，因為我晚上老是嚇到他們，所以我一直都是孤單一個人。」

「哎，我們繼續找吧！」妮弗趕忙在氣氛變得悲傷之前喊著，「你們看，多麼美好的早晨！」

真的，太陽將陰森森的樹林澈底變了樣子。樹木的枝椏閃閃發光，蚊子在晨光中如小金點般起舞。

「那麼……上山吧！」呼嚕說。他望著陡峭的山脈嘆氣。

「對，走向廣闊遙遠的世界！」希弗叫著。「啊，對了，什麼東西能穿過鄉間，卻永遠不會動？」
妮弗想回答，不過這次松鼠人比她還快。
「鄉間道路！」他得意大喊，「對吧？」
「對！」希弗和妮弗驚呼。
正當精靈姐弟還在對松鼠人輕鬆解出謎語大感訝異時，松鼠人又開心補上一句：「你們知道嗎？和你們在一起真有趣。我也要加入你們！」

7 身在灰冥山

一整個上午，他們一路爬坡。

一段路接著一段路。

松鼠人不斷往前跳，從這根樹枝跳到那根樹枝，精靈姐弟飛在半空中跟著他，倫普丁和呼嚕在後面走得氣喘如牛。

他們周圍的樹木愈來愈少，路

邊的小石頭也逐漸被大岩石取代。

呼嚕現在知道為什麼它的名字叫作灰冥山了。他抹掉額頭上的汗水，「倫普丁，」他呻吟，「我們快到了嗎？我是一隻豬，不是山羊。」

「就快到了！」倫普丁說，「我們已經快到山頂了。我向你保證！」

倫普丁真的很勇敢，他的四隻腳早就受傷了，儘管如此，他仍然拖著腳步繼續前進，越過大小石頭，一直向上走。

呼嚕可憐兮兮的走得上氣不接下氣，就連精靈姐弟翻跟斗時也愈來愈無精打采，只有松鼠人仍然神采奕奕。

「你們到底在哪裡啊？」他快活大喊，「我覺得你們這些同伴真是太沒出息了！」

「太沒出息？」呼嚕咆哮，「我馬上讓你曉得誰才沒出息，你這隻臭屁的小松鼠！」

「喂，我不是松鼠，」松鼠人怒吼，「我是動物人！」

「不是，你是一隻小松鼠。」呼嚕繼續取笑，「一隻小小的、可愛的、好玩的……」

「我想到了！」妮弗喊。她對呼嚕眨眨眼睛。

「什麼東西會從這根樹枝跳往那根樹枝，還會發出咩咩聲？」

她的弟弟立刻大喊：「一個學羊說話的松鼠人！」

呼嚕翻了個白眼，卻還是忍不住笑了，倫普丁和松鼠人也是。不知不覺中，他們嘻嘻哈哈的爬完最後一段通往山頂的陡峭山路。

到了。他們站在山的最高處，下方是一個如拼接地毯般開展的世界。他們看見深邃無盡的樹林，遠方藍光閃爍。

「我們到了！」倫普丁樂得大叫，「就是這兒了，廣闊遙遠的世界！」

「看起來就像我的模型火車的風景。」呼嚕驚嘆。

「我們就快達成目標了。」妮弗說，她驕傲的看著四周，好像這美景是她一個人創造出來的。

大家站在那裡讚嘆著。受傷的腳、疲憊的肌肉和翅膀總算能好好休息了。

「啊，對了，」希弗忽然開口，他仰起頭，看著上面，「什麼東西掉下來，但不會受傷？」

「雨。」妮弗說。緊接著，天空彷彿聽到了命令，開啟了閥門。

大雨瞬間傾盆而下，大家一下子就成了落湯雞。

「我們得離開這裡！」倫普丁大喊，「往下走，那裡有幾棵樹，也許我們可以在那裡躲雨。」

「都是你出的餿主意！」呼嚕罵他，「我早就想回家找媽媽了。」

不過他還是急忙往下走，朝另一邊快跑起來，其他人跟在後面飛奔。

他們繞著一塊岩石跑。然後倫普丁開心大叫，因為就在不遠處有一座飽受風吹雨淋的高塔，它的周圍有幾棵乾枯松樹圍繞著，老長春藤攀附著高塔的岩壁而上；而且它的窗戶很小，雨幾乎潑不進去！

「運氣真好！」倫普丁很高興，「我們可以在這座廢棄的塔裡等到雨停。朋友們，跟我來吧！」

然而倫普丁不知道的是，那座高塔並沒有遭到廢棄。

8 睡不好的吸血鬼

他們在大雨中衝進這座老舊高塔裡。倫普丁走跳著上階梯，他一推開木門，進入乾燥的空間，便僵住不動。呼嚕撞上倫普丁，妮弗撞上呼嚕，希弗撞上妮弗，松鼠人撞上希弗。大家跌作一團。

「誰住這裡？」妮弗輕聲

問。

大家爬了起來，四處張望。這座塔很陰暗，窗前的捲簾垂掛著，所以沒有任何光線進入，只有牆邊幾支淌滿燭淚的蠟燭閃著燭光。一隻蝙蝠呼嘯而過，消失在一座陡峭向上的迴旋梯裡。

呼嚕突然驚叫起來。他看到陰暗角落中有一只黑色的木箱。

「一副棺材！」他沙啞失聲。

這時，其他人也看到了。

「啊，對了，黑暗？蝙蝠？棺材？」希弗呼吸開始急促起來。

「吸血鬼。」妮弗，「真是愚蠢的謎語！」

倫普丁往後退了一步，「朋友們，我認為我們應該快點離開……」

就在此刻，角落裡傳來吵雜聲。

一陣呻吟。

一陣木板碰撞聲。

棺材蓋開啟，一個人形從陰影中坐起。

大家嚇得一動也不動。

除了一個人以外。松鼠人衝到前面，全身炸毛，還露

出牙齒。

「別碰我的朋友！」他怒吼。

可惜還不到夜晚，松鼠人就只有小小的松鼠牙齒。

吸血鬼將身體移到燭光下，也露出了牙齒。又尖又長的利牙在燭光中閃耀。

松鼠人和吸血鬼就這麼龇牙咧嘴對峙著。

直到吸血鬼不高興的移開目光。「你們到底想幹什麼？」他破口大罵，「你們沒看到我在睡覺嗎？通通給我滾！」

松鼠人回頭，用詢問的眼神看著倫普丁。

倫普丁鼓足勇氣，朝吸血鬼走了一步。

「對不起，吸血鬼先生。」倫普丁說，「我們不想打擾您，但是外面在下雨，我們想讓身體乾爽一些。請問您允許嗎？」而且他想既然都走過去了，乾脆一不做二不休再問：「另外，我有一個問題想向您請教。吸血鬼一定見多識廣，您是否曾經在某個地方看過像我這樣的生物？」

「沒有，你這個小癟三！」吸血鬼大罵，「現在你們通通出去！」

「喂，我的朋友不是小癟三，您才是野蠻人！」呼嚕兇他，「吸血鬼先生，您的臉為什麼這麼臭？我媽媽說：

『呼嚕，你要記住：熱心好客是一種神聖的義務。』」

「噢，呼嚕，你真是一個好朋友！」妮弗萬分讚嘆。

「噗嚕？」吸血鬼低吼，「粉紅小豬取這個名字真奇怪。」

「我是深玫瑰色的，而且我的名字是呼嚕。」呼嚕覺得受到侮辱，「那請問您叫什麼名字？」

「芝諾。」吸血鬼微微一鞠躬。大家聽到他的關節發出嘎嘎聲響。「你想知道我的臉為什麼這麼臭？因為我的關節痛！從早痛到晚，持續不斷！」

「天哪！」松鼠人同情的插嘴，「這真的很不舒服。」

吸血鬼在一張雕花椅上坐下，對松鼠人點點頭。「最糟的是，因為關節痛我睡不著，吸血鬼是白天睡覺，晚上出去……呃……覓食。」吸血鬼的臉因痛苦而扭曲，「但是我呢，幾分鐘就醒來一次，所以總是很累。累，累，累死了……」他轉向呼嚕，「這樣吧，親愛的窩嚕，你要不要介紹你的這些朋友讓我認識？」

倫普丁、精靈姐弟和松鼠人很快的自我介紹。「老天，我喜歡有趣的名字！好，皮弗、米弗，你們這兩個謎語精靈：你們知道我該怎麼對付我的關節痛嗎？」

精靈姐弟想了又想，想了又想。

「不知道。」希弗最後承認。「啊，對了，什麼東西不用釘子和帶子就能掛在牆上？」

「蜘蛛網。」芝諾立即回答，他轉向松鼠人：「你呢？你這個勇敢的松鼠人，你一定有辦法吧？噢，可別讓我失望！」

松鼠人遺憾的聳聳肩。「可惜我只對牙齒有研究。不知道能不能這麼說，我覺得你的牙齒很漂亮！」他害羞的對芝諾微笑。

倫普丁也很想幫吸血鬼，但是該怎麼幫呢？

他不自覺的從芝諾的披風上抓了一撮塵屑。嗯，真好吃！倫普丁又有胃口吃河裡的鵝卵石或其他硬梆梆的東西……

「我知道了！」倫普丁突然激動大叫，「棺材，問題就在棺材！吸血鬼先生，那棺材對您來說太硬了！」他走到棺材邊，敲敲棺木材質。「您沒有舒服的床墊可睡，只有這塊木板，上面的內襯早已磨損了，幾百年來都是這樣，無論誰這樣睡骨頭都會痛！」

吸血鬼若有所思的看著倫普丁。

然後，他血紅的嘴唇揚起微笑。

他將手放在倫普丁的肩上，認真的說：「你是天才。」

「我也這麼覺得！」希弗開心叫著。

呼嚕滿意的點點頭。「我媽說：『睡多容易病，少睡亦傷身。』可是現在我們去哪裡找一張又舒適又柔軟的床墊？」

「芝諾，」松鼠人簡直無法將眼光從吸血鬼身上移開，「你可以告訴我你是怎麼讓牙齒變得這麼尖銳漂亮的嗎？」

吸血鬼愣了一下，「當然可以。」他回答，「每天磨七次。」

「什麼？」松鼠人訝異的說。

「松鼠人，我們目前有更要緊的事，」倫普丁提醒他，「我們要快點幫芝諾的忙，我們還有很多事要做。」

「沒什麼東西會比櫻桃醬更緊急的。」芝諾血紅的嘴脣擠出一抹神祕的微笑，「來吧，你們是我的客人！」

9 倫普丁魔法處女秀

突然間，吸血鬼的心情變得很好。

他帶領他的這群朋友走上迴旋梯，直上塔頂的房間，那裡有廚房。

這裡的捲簾也是垂下的。吸血鬼不喜歡日光。不過倫普丁可以聽出外面的雨已經停了。

不知道為什麼，倫普丁之前會覺得這座塔很恐怖。事實上，這裡面很舒適，牆上的燭光閃爍，壁爐裡的火熊熊燃燒。

吸血鬼為他們端上櫻桃醬和紅莓果汁。他們共同思索如何以最快方式得到一張床墊。

「我們不能直接買嗎？」呼嚕邊吃邊問。

「你有錢嗎？」松鼠人嚴厲的問。

「呃，沒有。」呼嚕答。

「你在山上有看到任何賣床墊的商店嗎？」松鼠人更

加嚴厲的問。

「呃，也沒有。」呼嚕低頭答。

有一會兒工夫，大家只聽到吃喝的聲音。

「喂，倫普丁，」呼嚕說，「你常常聽到魔法師講咒語，你不知道變出床墊的咒語嗎？」

倫普丁正把一團塵屑放在櫻桃醬上，他驚訝抬起眼，「我？我又不會施魔法！」

但是呼嚕不放棄，「為什麼不會？和魔法師住在一起的人當然也會施魔法！」

「你和魔法師住在一起？那你當然會施魔法。」妮弗也這麼認為。

倫普丁思索著，也許他們說的沒錯：他常常聽魔法師念念有詞……

「這個嘛……」他沒把握的看著大家，「齊瑪林有一次變過一個魔法，」他小心翼翼的說，「不過很可惜我記不太清楚。」

「那你記得一點嗎？」芝諾問。

倫普丁點點頭。

「這樣就夠啦！」吸血鬼摩擦雙手，「我們來試試吧，我親愛的朋友。」

倫普丁遲疑的說：「好吧，首先我們需要草。」

「我要睡在草床上？」吸血鬼揚起眉毛。

「不是，別怕！」倫普丁安慰他。

「只是我沒辦法無中生有變出一張床墊。我只能將一個類似床墊的東西變成一張真正的床墊，所以我們得蒐集松針，把它們鋪在您的棺材裡。然後我再把這些東西變成一張真正的床墊！」

突然間，倫普丁對自己充滿信心，他笑容滿面看著吸血鬼，「接下來的五百年，您會睡得和嬰兒一

樣熟！您看著吧！」

然而不一會兒，倫普丁又嘆了口氣：「也許沒辦法。」因為這一切全是白費工夫。他們在傍晚時分把蒐集到的針葉全鋪在棺材裡。倫普丁念了咒語……

非爐非馬。
非壺非鍋。
非巾非書。
睡床，舒暢，木板，阿布拉卡達布拉！

然後……當然……

沒錯，芝諾的棺材裡現在應該放著一張舒服的、真正的床墊。

可是吸血鬼卻錯愕不已：「針葉床？我可沒訂喔！」

妮弗和希弗噗哧笑了出來。

倫普丁又喃喃念了一遍咒語，這回他稍微改了最後一句。

非爐非馬。

非壺非鍋。

非巾非書。

木板，睡床，舒暢，阿布拉卡達布拉！

「這樣一定可以的，」他緊張的想，「這愚蠢的東西一定馬上就能變成……」

「水床？」芝諾抱怨，「這會一直晃來晃去！不行，我在水床上睡不了。」

芝諾將雙手交叉在胸前。

松鼠人狐疑的盯著倫普丁。

「倫普丁，你再仔細想清楚！你就一直想著齊瑪林！」呼嚕懇求他。

倫普丁閉上眼睛，盡可能全神貫注。倫普丁清楚回想起他站在齊瑪林工作室裡的情景：齊瑪林輕聲念著複雜的咒語，一遍又一遍，以便牢牢記住它。然後，他舉起手臂，鄭重喊出：

非爐非馬。
非壺非鍋。
非巾非書。
舒暢，木板，睡床，阿布拉卡達布拉！

倫普丁聽到一陣窸窣聲響，接著是低沉的蹦一聲！突然間，他的朋友們歡呼起來。

倫普丁睜開眼睛。

棺材裡放著一張嶄新發亮的床墊！

芝諾開心的馬上跳進棺材。他雙眼發亮，四肢展開，連聲讚嘆：「不太硬也不太軟！好舒服啊！這張床墊是我這把老骨頭的救星。」

他隨即又坐起來對倫普丁說：「謝謝你，倫普丁，謝謝你……我們讓月亮照進來，它也應該來問候一下我的新床！」

吸血鬼彎下腰，轉動牆上一支搖桿，城堡裡的捲簾同時往上拉開了。

窗外星空閃爍。

「但是……」芝諾話沒說完，轉而驚訝的停頓了一下，「你怎麼了？」他看著松鼠人，松鼠人的牙齒在月光中閃耀著銀光，然後愈來愈模糊……愈變愈大，愈變愈大……最後，變成銳利的怪物牙齒，就像每個夜晚一樣。

吸血鬼興奮不已，「你真是好特別的生物！」他驚奇的說。

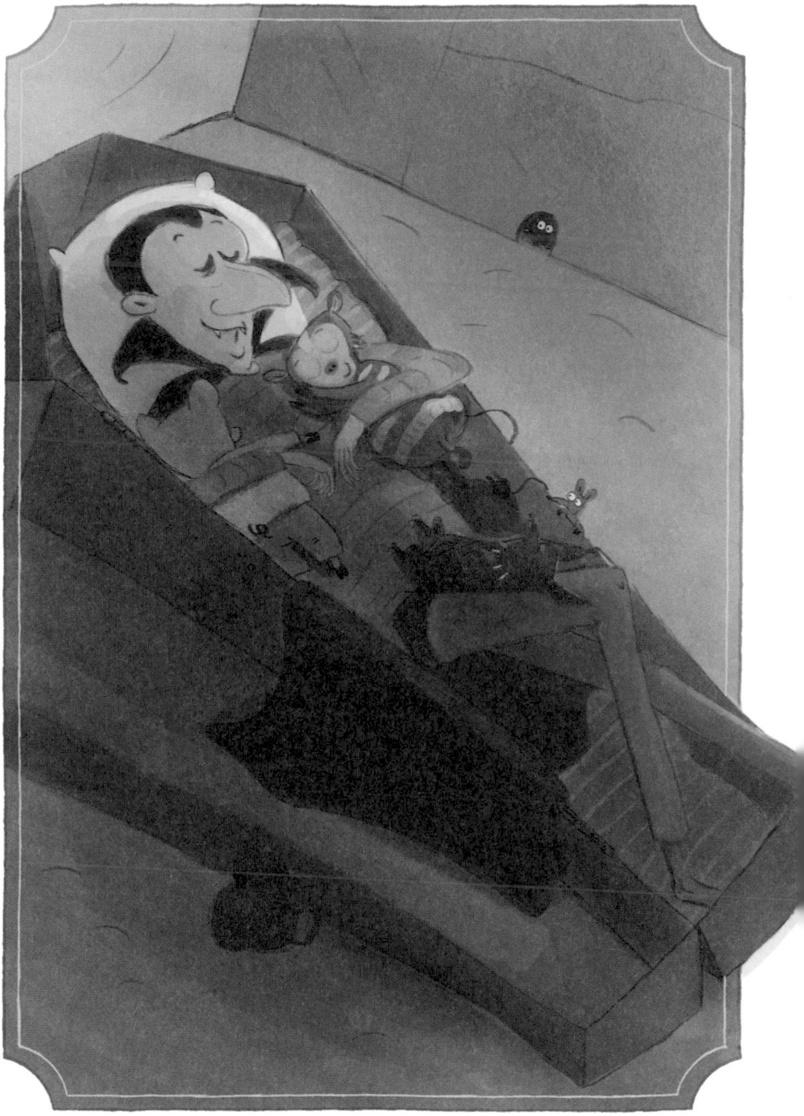

正當松鼠人不勝驕傲之時，呼嚕滿意的對倫普丁說：

「好了，現在我們可以繼續往下走了。」

「是的，走吧！」倫普丁跳上窗臺，聞了聞夜晚的空氣。

「你們兩個等一下！」希弗打了個大呵欠，「我們先來睡一覺，而且要睡在這張超級柔軟的床上。」

「如果我們可以的話？」妮弗以詢問的眼神看著吸血鬼。

吸血鬼大笑。「雖然現在是我的早餐時間，不過相信我，我現在最想做的就是睡覺！」

10 夜間飛行

「倫普丁，醒一醒！」

倫普丁嘆了口氣。他睡得正甜呢！還夢到在沙發上，齊瑪林摸著他的小肚子……

「快點，倫普丁！我們得繼續走了。」

倫普丁不情願的張開眼睛。呼嚕在他面前，不耐煩的

輪流踢每個人的腳。「我們快點出發去找出謎底，這樣我們就能快點回家！」

倫普丁坐了起來。

外面還是黑漆漆一片。

精靈姐弟睡得很沉。

吸血鬼鼾聲如雷。

松鼠人窩在吸血鬼的懷裡。他依然是一個危險的松鼠人，不過臉上掛著微笑。

倫普丁感到一絲驕傲，他真的變出一張很好的床墊來！

倫普丁和呼嚕費了一番工夫才將呼呼大睡的朋友們叫醒。

每個人看起來都很快樂。

「我做了美夢！」妮弗說，同時用眼角餘光看著呼嚕。

「我也是！」芝諾邊打哈欠邊伸懶腰，「為什麼你們都起床了？」

「倫普丁想去廣闊遙遠的世界，希望能知道他是什麼樣的生物。」松鼠人提醒他，「你忘了嗎？」

「吸血鬼不會忘記任何事情的，松鼠人。」芝諾威嚴

十足的站了起來。

他看著倫普丁，「倫普丁，我從來沒有睡得這麼好，這一切都要感謝你。你想知道你是誰？讓我告訴你，你該走哪一條路吧。老吸血鬼知道的可多了。」

蝙蝠翅膀在他的斗篷下張開。突然間，芝諾像小鳥般在空中盤旋。「你們坐上來吧！」

「呃，您現在的意思是？」呼嚕遲疑著。

「來吧，呼嚕！」倫普丁笑著將呼嚕拉到芝諾的背上。五個人還沒來得及坐穩，吸血鬼就咻一聲飛向門口。

「哇！」松鼠人尖叫，精靈姐弟也是。「喂，芝諾，你不能事先提醒我們你的速度這麼快嗎？」

「抱歉，」芝諾不受影響，依然在空中急速前進。

「我媽總是說：『呼嚕，繫上安全帶！』」呼嚕喘著氣說。

希弗害怕喊著：「對了，我很快，轟一聲就不見了。我是誰？」

「真不錯。」芝諾得意回頭一笑，「一個關於我的謎語。」

「可惜不是，」坐在呼嚕後面，環抱著他的小豬肚的妮弗說，「答案是：閃電。」

「哎，」芝諾說，「我比閃電快多了！要不要我證明給你們看？」

芝諾切換至加速模式，大家瞬間陷入昏亂……

等他們回過神時，聽到一陣窸窣聲。空氣中有鹽和風的味道。

「謝謝你，芝諾。」倫普丁頭昏腦脹說著並往下跳。他落在柔軟的沙上。「我們……在哪裡啊？」

「海邊。」芝諾得意的說。

「我的天啊！」倫普丁聽到呼嚕噗通跌進他身旁的沙子裡，「我媽媽說：『呼嚕，在海邊要小心。海比最深的

井還要深。』」

「你媽媽說得對。」芝諾說，「可是你們就是要從這裡走。」

「您確定？」倫普丁的心狂跳不已。他從沒想過有一天會看到海。

「這是我昨天夜裡夢到的，」芝諾強調，「你們要從這裡繼續尋找下去，這是通往答案的路——『你是誰』的答案。」

「他夢到的？」呼嚕心存懷疑的嘀咕著，但是倫普丁熱烈點著頭。

是的，在海邊這裡他將得到答案，一定可以的！

「你們聽到海浪的聲音了嗎？」希弗叫著，「我巴不得白天快來，我們就可以看到海了！」

「哎呀！」芝諾說，「我該走了，我必須在太陽出來之前回到我的塔裡。」

「謝謝您，芝諾，謝謝您對我們所做的一切。」倫普丁說。

「倫普丁，該說謝謝的人是我。」芝諾，「祝你幸運！我相信你一定會找到你想找的。」

倫普丁微笑著，「那麼，我們走吧！」他對這群好朋

友說，「你們要一起來嗎？」

「耶！」妮弗和希弗歡呼起來。「旅行繼續！」

「那我們走吧。」呼嚕聞聞沙子說。

「海耶！如果我跟我媽說……」

倫普丁等著大家動身。

但是少了一個伙伴。

松鼠人仍然坐在芝諾的肩膀上，睜大眼睛看著倫普丁，他的長牙在月光下閃閃發光。

「我……我要留在芝諾這裡。」松鼠人小聲說。

芝諾點頭微笑，「我們這種夜間生物是一家的。」

倫普丁感到驚訝與不捨，因為他喜歡松鼠人。不過他還是微笑著舉起手，兩位夜間伙伴也朝他揮揮手。

「結局真好……」妮弗說。

「……一切都很好。」希弗嘆氣。

呼嚕朝松鼠人揮手，「那你要好好照顧自己，你這隻好玩的小松鼠。」

「我會的，你這隻可愛的粉紅小豬。」松鼠人促狹笑道。

「親愛的各位，若你們允許，」吸血鬼展開他的翅膀，「我們要啟程返家了。」

「祝你們接下來一切順利，朋友們！」松鼠人喊，芝諾振了振他的斗篷，下一秒兩人就消失得無影無蹤了。

11 寂寞的美人魚

吸血鬼一消失，太陽就從地平線上火熱燦爛的升起，所有的黑暗剎那間隱退，天空明亮起來。

倫普丁瞇起眼睛四下張望。眼前是一片潔白無瑕的沙粒、波光粼粼的藍色海水、高高聳起的沙丘，沙丘上有濱草

隨風搖曳。

「這就是海！」倫普丁忘情大喊。

「好大啊！」希弗喊。

「它……」呼嚕屏息，「它好美啊！」

「是的，這裡真的不錯。」妮弗說。她將她的腳趾伸進水裡，輕輕踢著水。「那麼，現在呢？答案在哪裡？」

突然間，大家聽到一陣水聲。

某種銀色物體靠近。它劃過閃亮的波浪游向海灘。

「這是什麼……」呼嚕退了一步。

「是美人魚！」妮弗狂喜。

「我喜歡銀色的頭髮。」希弗驚嘆。

美人魚面帶微笑游向他們。

「嗨！」美人魚邊說邊開心的拍動著她閃閃發光的尾巴，「我叫作娜娜米，是七海美人魚。我知道所有問題的答案，有什麼需要我幫忙的嗎？」

倫普丁張大嘴巴瞪著她，直到呼嚕將他推到娜娜米面前。

「呃……」倫普丁清清喉嚨，「妳好，我是倫普丁。我很想知道是否還有其他的倫普丁，其他和我一樣的生物。妳能幫我嗎？」

「這太簡單了！」娜娜米眨眨眼，打了個哈欠，「我是誰？我是什麼？我要往哪裡去？永遠都是相同的問題。你只需要喝下『我是誰』藥水。你們幫我蒐集各種顏色的空蝸牛殼，我去拿海藻膠和海底的泥，你的藥水一下子就完成了。小事一樁。」

精靈姐弟吃驚到下巴都快掉下來了。

「妳是說，」呼嚕小心的問，「妳真的可以幫我們的忙？」

「那還用說！」娜娜米輕鬆的說，「我的名字——無所不知的娜娜米——可不是白叫的。現在快點行動吧！」

大家還在驚訝的揉著眼睛，娜娜米已經優雅的潛入海中蒐集海藻膠和海底泥。

大家又興奮又急切的蒐集空蝸牛殼。

倫普丁開心極了，他很快就會知道他是什麼生物了！

精靈姐弟開心極了，他們很快就可以知道新謎語的答案了！

呼嚕也開心極了，他很快就能回家找媽媽了！

不消多時，每個人都找到一個空的蝸牛殼：妮弗的是銀色，希弗的是淺藍色，呼嚕的是玫瑰色（不是粉紅色），倫普丁的是綠色。大家一起拿著他們的蒐集物，與此同時，美人魚也出現了。

「現在可以開始了！」美人魚說，「喔，好重！」她將一堆滑溜的褐色海藻拖上海灘，接著是發臭的淤泥，還有一個有心型圖案的生鏽鍋子。

「這鍋子是我最棒的寶貝，」娜娜米驕傲的說。「它是我四個星期前在一艘船的廢墟中發現的。你們絕對想不到這個鍋子有多大妙用！煮茶、煮海藻泥……也可以煮魔法藥水。很實用，對不對？」

「呃，娜娜米？」呼嚕說，「這不是鍋子，這是夜壺，妳知道嗎？這是用來尿尿……」

「算了，隨便她啦。」眼看就要達成目標了，倫普丁連忙打斷呼嚕。再說了，那個夜壺早已經在海水中沖洗乾淨了……

娜娜米笑了，接著開始製作魔法藥水！

她爬上海灘，將她的魚尾環繞在自己周圍，然後開始旋轉：她將海底泥和海藻混合，搗碎空蝸牛殼，將它們磨成五彩的粉末。

她喃喃念著咒語，聽起來像海浪聲：

嘿歐夏，嘿歐舒，

海浪聽我說，
它們包圍著我，
想助我一臂之力。
沙畢，沙畢，沙布達拉美……

接著，她唱起與神奇力量有關的魔法歌曲：

海水，太陽，
能量，威力，
大洋！
完成……

大家緊張的在一旁看著她。最後，娜娜米終於大喊：

「好了！」她高興的舉起鍋子，「這是你的魔法藥水。」

妮弗皺起眉頭，「不好意思，可是這東西很臭！」

「藥水愈臭愈有效。」娜娜米點點頭表示藥水製作成功，「倫普丁，嘴巴張開！」

倫普丁乖乖張開嘴。

咕嚕一聲，他喝下了一大半黏糊糊的褐色藥水。

「好噁！」希弗全身打了個哆嗦。「你怎麼喝得下去？」

倫普丁聳聳肩，他覺得藥水其實沒那麼難喝。

「他什麼都吃。」呼嚕說。

「嘴巴張開。」娜娜米又說一遍。

咕嚕！倫普丁又喝下藥水。

「好噁！」妮弗也忍不住顫抖。

但是倫普丁將藥水一口氣全吞下。

「好了。」娜娜米滿意的說。

呼嚕和精靈姐弟滿心期待的看著倫普丁。

「然後呢？」希弗緊張的說，「謎題的答案是？」

倫普丁等待著。他聽著體內的聲音。

12 禮物

倫普丁繼續等了一下。

他聆聽著。

他覺得和之前沒兩樣。

除了嘴裡的泥濘海藻味。

「呃……還要等多久？到底會發生什麼事？答案就會這樣出現在我腦袋裡嗎？」他追問，想確認一下。

「嗯。」娜娜米開心的點頭。

倫普丁繼續聽了一會兒。

「可是什麼都沒有。」他說。

精靈姐弟唉聲嘆氣。

呼嚕不敢相信的哼了一聲。

娜娜米皺起眉頭。

「真的嗎？這……嗯，好奇怪，我還以為……」

喔，不！這種表情倫普丁已經看太多次了。齊瑪林的咒語失敗時，就是這種表情。

「妳以前曾經煮過這種藥水嗎？」他問娜娜米。

「或是任何一種藥水嗎？」呼嚕補上一句。

「到底是誰說妳『無所不知』的？」希弗逼問。

娜娜米不好意思的撥開她的尾巴，靜靜的，不說話。

突然間，大家很確定一件事：這個美人魚根本沒有魔力！

呼嚕受不了了。「我受夠了！」他狂罵，「先是這個吸血鬼把我們丟在海邊，然後現在又這樣。倫普丁，我們走吧！」

「不要！」娜娜米大喊，「拜託，請你們留在這裡！」

大家驚訝的抬頭看她。

「請你們留下來。」娜娜米懇求他們，「和你們在一起很愉快！我一定能找出你們要的答案，那個……那個……海知道很多祕密！」

「才不要！」呼嚕說。

「妳只是無聊才要我們留下來。」妮弗雙手扠腰說。

呼嚕、精靈姐弟和美人魚爭吵時，倫普丁的失望感愈來愈大。他是那麼確定馬上就會知道答案了！芝諾不是夢到了海嗎？這裡一定有什麼線索……

「我有禮物送給你們。」娜娜米叫著，「你們等一等！」

她潛入水中，一會兒之後又從海浪中冒出來，「這給你，這給你，這給你。」四樣東西飛上海灘。

「這些東西很棒吧？」娜娜米驕傲的說。

呼嚕拿起一塊滴著水的嬰兒圍兜，詫異的盯著它。希弗拿到一隻鮮綠色襪子，妮弗拿到一支亮晶晶、有點生鏽的髮夾，那支髮夾幾乎和她一樣大。倫普丁的禮物則是一支老舊的小刷子。

一時間，沒人說話，然後是小豬的聲音：「呃……謝謝妳，娜娜米。」呼嚕說。

「很棒的小刷子。」倫普丁說。

「只是有點難搬。」希弗邊說邊吃力的抬起那隻巨大的綠色襪子。

倫普丁連忙點頭，「沒錯。娜娜米，我們還有很長的路要走。這些禮物雖然很好，但是我們帶不走。」

「對啊，很可惜。」呼嚕說，同時努力做出一個遺憾的表情。

「啊，對了，」希弗說，「兩粒沙子躺在沙灘上，其中一粒沙子對另一粒沙子說什麼？」

「這裡好擠啊！」娜娜米咯咯笑說。

「沒錯。」希弗笑著說，「喂，姐姐，娜娜米比妳還快想出答案！」

不過妮弗根本沒在聽弟弟說話。她只想著她的髮夾，她愛不釋手的抱著這個亮晶晶的髮飾。

「我可以帶著我的禮物。」她神情恍惚的說，「倫普丁，可以請你幫我將這個髮夾放進你的背包嗎？」

娜娜米表情又認真起來。「你們真的要繼續往下走？」她嘆息，「好可惜！」

「是的，不過還是要謝謝妳為我做的一切。」倫普丁說。他將妮弗的髮夾裝好，然後揹起背包。

「娜娜米，保重了。」

大家轉身準備出發。

「我會幫你們保管這些東西。」娜娜米在後面喊著，「要再回來喔！」

「我們會的。」倫普丁答應她，「希望很快再見面！」

娜娜米微笑著。

他們揮揮手，繼續旅程。

他們踏入沙中。妮弗和希弗任由強烈的海風吹拂。呼嚕哼著一首有趣的小曲。倫普丁則想著事情。

魔法藥水說不定真的有效。總之，倫普丁的腦海中突然間閃現一些想法。

「你們知道嗎？」他說，「我們想去廣闊遙遠的世界，但是這裡……」他指著大海，「就是世界的盡頭了！因為在它後面就沒有水了，所以我們不需要從這裡尋找下去了。」

他的朋友們看著最後方的波浪，紛紛點頭。

倫普丁繼續說：「從哪裡最能看清楚廣闊遙遠的世界？」

大家滿心期待的看著倫普丁。

「從上面啊！從最高的山上！」

他轉過身，指著另一個方向。森林的方向。灰冥山的方向。

呼嚕一個踉蹌，跌入沙裡。「你……你該不會想要……」

倫普丁點點頭。「我們必須回到森林。去最高、最高的山峰！」

「噢，不！我們已經去過山上了！」呼嚕抱怨，「在芝諾家。」

呼嚕還清楚記得往上爬的情景。他一點也不喜歡！

「芝諾並不是住在最高的山上，」倫普丁反駁，「我們要去的是那裡。」

他指著一座隱身在雲霧中的巨大山峰。

呼嚕嚇壞了。

希弗咬著嘴唇。

妮弗臉色發白。「它好高啊！」她無力的說。

「是的，但是我知道它就是那條正確的路。」倫普丁堅持，「我就是知道……」

然後，他不再說話。他突然有一種不舒服的感覺。雖然他感覺答案離他不再遙遠，但也許這答案來得太遲了。

也許現在這樣就夠了。朋友們陪他經歷這麼多冒險，現在他們累了，也許倫普丁應該自己……

「好吧，」呼嚕喘著氣，站了起來，「朋友們，上吧，繼續冒險！」

「呼嚕，你說的對。啊！你真是一隻勇敢的小豬！」妮弗邊說邊撥弄她的睫毛。

「來吧，」希弗喊，「越過沙丘就回到森林了。我先飛過去！」

他迅速往前飛，妮弗跟在他後面，呼嚕追著精靈姐弟跑。

「倫普丁，你在等什麼？」呼嚕充滿幹勁的說，「跟上來啊！」

倫普丁忍不住笑了，他的心情突然變得好輕鬆。他急忙拔腿跟在他的朋友後面跑。

他還是不知道自己是從哪裡來的，還是不知道自己是什麼生物。但是他絕對知道，他擁有全世界最棒的一群朋友！

13 滿月之夜

他們在森林裡走了一整天，一直朝那座最高的山的方向走。現在是傍晚了，太陽即將下山。

森林在這裡變得無比濃密，很難在樹叢中穿梭。走起來不是這裡有嘎吱聲，就是那裡窸窣作響。有隻鳥隱身在某

處鳴叫。

倫普丁思念起第一晚的苔癬床。接著，他想到芝諾的床。然後，他想到他在齊瑪林家的小床。

在這座陰暗的森林裡，一定不會那麼舒服的。

一隻貓頭鷹嚎叫著。牠的「咻呼……」聲聽起來很恐怖，倫普丁嚇了一大跳。緊跟在倫普丁後面跑的呼嚕也往前踉蹌一步。

「你怕嗎？」倫普丁輕聲問。

「我？我？怕？」呼嚕大笑，「我才不怕。真正的豬從來不會害怕的。」

「我有點怕。」倫普丁隔了一會兒說。

「好吧，我也許有一點。」呼嚕承認。

「我不怕！」希弗從他們上方的樹枝中探出頭喊。

「我也不怕！」妮弗喊，「情況不會太糟的。」

可惜，精靈姐弟大錯特錯。

「呼——呼——妮弗，希弗！」半小時之後，倫普丁疲累喊著，「你們在哪裡？等等我們啊！」

太陽下山了，現在森林裡一片漆黑，精靈姐弟精神百倍，朝前方飛去。倫普丁和呼嚕邁著疲累的雙腿，快跟不上他們了。幸好倫普丁有手電筒，否則他們什麼都看不

見。

「我們在這裡，你們這兩隻慢吞吞的蝸牛。」希弗的笑聲從某處傳來。「喔，我好喜歡夜間漫步！」

「當然囉，」呼嚕說，「因為你根本不用走，你會飛啊！」

「喂，你們，」倫普丁喊，「你們都不累嗎？」

「不會！」妮弗開心回答。「今天是滿月，我們精靈都在滿月時跳舞。在這之前我們是不會累的，這是自古以來的精靈法則！我們還在找合適的地點……」

「這應該會很歡樂。」呼嚕說。

「……而且我想我們剛剛找到這個地點了。」希弗歡呼，「就在前面，那個亮光處，那裡有美麗的小火堆在燃燒，那裡很適合跳舞。妳覺得呢，妮弗？」

「對耶！」妮弗喊，「那裡一定有派對。也許有人過生日。我們過去看看！我愛生日派對……」

永遠不疲累的精靈姐弟立即飛奔過去。

「我媽媽說：『呼嚕，沒人喜歡不速之客。』」呼嚕說，「而且我也不會跳舞。」他真的很累，如果一隻小豬累了，他對什麼都會興趣缺缺，就連生日派對也不例外！

然而，那裡傳來一聲驚叫。

是妮弗！

接著，是第二聲驚叫。

是希弗！

倫普丁和呼嚕迅速對看一眼，當場拔腿就跑，所有疲倦都被拋在腦後。精靈姐弟有危險了！

「嘻嘻嘻！」一個邪惡的沙啞聲在柏樹之間響起。

「嘿嘿嘿！」從火堆的方向傳來另一個陰險笑聲。

「呃，倫普丁，」呼嚕喘著氣，「我媽媽說：『黑暗裡的奸笑……』」

可惜倫普丁不知道呼嚕的媽媽接著說了什麼，因為就在這個時候，一個女巫一把抓住他，把他丟到她的掃把後面。

「啊！糟了！」倫普丁被女巫抓到空中一起飛時，才恍然大悟，「那才不是什麼好玩的生日派對……」

那是女巫派對！

14 遭受囚禁

坐在倫普丁面前的女巫嗤嗤笑著，而且她好臭！

倫普丁別過頭去。他看到呼嚕，他也被另一個女巫抓到空中了。呼嚕死命抓緊掃把，臉色發青，鼻子緊皺。可憐的呼嚕，他是一隻愛乾淨的小豬，非常討厭臭味……

女巫們載著倫普丁和呼嚕在熊熊火堆上飛了一大圈，所有圍繞火堆的女巫都抬頭看著他們。

「一隻豬！」一個女巫尖叫。

「一隻豬，還有一個……呃……一個東西！」另一個女巫吼著。

「天啊！她們可真醜！」倫普丁心想。現在他嚇壞了。

這群女巫有著邪惡的眼睛，大大的鼻子一直彎到滿是缺牙的黑色嘴巴上方。她們的衣服灰樸樸的，破破爛爛的，還有噁心的斑塊，頭髮雜亂糾結一團。她們也不怎麼友善，因為倫普丁發現他的朋友——精靈姐弟被這群女巫關在派對地點旁邊的一個大籠子裡。

「喂！呼嚕。」倫普丁一邊喊，一邊指著精靈姐弟，「妮弗和希弗在那裡面！我們必須把他們從籠子裡救出來！」

「好主意。」呼嚕喊著，手抓得更緊了。

「要怎麼救呢？你是不是剛好想到好辦法了？」

「還沒有。」倫普丁喊，「但是，呃……我還在努力想！」

此時掃把往下衝，女巫將倫普丁直接推下去，讓他滾

進關著精靈姐弟的大籠子裡。下一秒，呼嚕也跟著滾了進去。

女巫們落地，然後喀啦一聲關上籠子的門。

「好了，現在我們繼續慶祝吧！」一個女巫滿意的說。「希爾德，請把籠子鎖起來好嗎？」

「等一下。」希爾德一邊說，一邊在她的骯髒長袍裡翻找，她的女巫姐妹們則先離開了。

「啊，對了，希爾德女巫，什麼東西有四條腿，而且會飛？」希弗輕聲問。

「什麼？」希爾德說，「不知道。」

「兩個女巫。」妮弗極小聲的解釋。

「喔，原來如此。嘿嘿，真不賴。」希爾德認同的說。

然而，她還是拿出一把巨大的鑰匙，小心將籠子鎖好，然後用大弧度的拋物線將鑰匙扔進森林深處。

「喂！」呼嚕抱怨，「妳把鑰匙丟進森林了，要怎麼把門打開？」

「誰說要把門打開了？」希爾德嗤嗤笑著，「你們四個小可愛就在裡面待到變成灰吧！」

「什麼？」妮弗和希弗驚呼。

「希爾德，妳真的很壞！」呼嚕火冒三丈。

「我媽媽總是說：『呼嚕，壞心腸是得不償失的。』妳好好想想這句話吧，妳……妳這隻巫婆疣豬！」

「哈！沒錯！」倫普丁高興大喊。他的朋友們在這趟旅行中已經變得很勇敢了！太棒了！

但是壞心的希爾德只是一邊大笑，一邊衝向派對。

「好了，倫普丁，」呼嚕說，「現在你的計畫是什麼？」

「你有計畫？」妮弗滿心期待的問。

「我喜歡計畫！」希弗鬆了口氣。

「呃，這個嘛……」倫普丁搔搔耳後。

「在你的腦袋中找一找！」呼嚕提出建議。

「說不定你會想到可以幫我們逃出這裡的咒語。」

好主意！倫普丁想，於是他在腦袋中搜尋咒語。當他絞盡腦汁時，同時也吃著在籠子角落飛舞的塵屑團。「吃」有助於倫普丁思考。然而，在他吃完所有的灰塵之後，他仍然想不出任何咒語。

慢慢地，他緊張起來。他無意識的咬著籠子。嗯，真好吃！只可惜太硬了，就算對倫普丁來說，也硬到咬不斷……

倫普丁左思右想，還是想不出來。他先在腦袋中找，然後又在背包中找，這次不是找咒語，而是想至少找出幾團塵屑來。所剩的灰塵不多了，不過現在摸到的是……

「哇！」倫普丁從背包中拉出一支長長的、亮晶晶的東西。它在月光下閃閃發光。

「我的髮夾！」妮弗歡呼。

娜娜米的禮物。

倫普丁靈機一動。他將髮夾插入鎖裡，轉動幾次，往前轉，往後轉，再往前轉……

直到……喀啦一聲！籠子打開了！

妮弗和希弗拍手歡呼。

哇！他們自由了！他們連忙爬出籠子外面，打算偷偷溜走……

突然間，一聲尖叫劃破黑夜。

「他們逃走了！」一個在火堆附近無聊閒蕩的女巫大喊，「攔住他們！」

倫普丁、呼嚕和精靈姐弟一下子就被這群兇巴巴的女巫圍住了。

「喂！你們想去哪裡？」希爾德不高興的問，「你們這些小混蛋給我站住！你們是我們的犯人！」

倫普丁受夠這些女巫了，簡直忍無可忍！就在這個時候，他想到一個咒語。之前他絞盡腦汁是值得的！

倫普丁舉起前腳大喊：

寶石和黃金魔法，
光芒四射，妳們這些姐妹們，前所未見！
阿布拉卡達布拉，來三回阿芙蘿黛蒂！

砰的一聲。

濃密、閃亮的雲霧從女巫上方降下。

火堆發出滋滋聲響，然後熄滅了。

而當雲霧再度升起，正像它來時那麼突然，四個朋友的眼睛睜得又大又圓，就和呼嚕媽媽的鼻嘴一模一樣。

15

美若天仙的女巫

「你們看！」妮弗驚呼。

「好美啊！」希弗讚嘆。

「成功了！」倫普丁興奮大喊。「我又變出魔法了！」

邪惡、醜陋至極的女巫現在變成了什麼模樣？一群你能想得到最美麗、最優雅的女士！

女巫們驚訝得說不出話來，只能呆呆看著彼此。

而當她們低頭看自己時，她們更為震驚。

她們摸摸頭上閃亮的髮絲。

她們撫弄著漂亮的絲絨禮服。

她們用指尖觸碰自己的玫瑰紅脣。

「天殺的！你對我們做了什麼？」女巫希爾德尖叫。

然而，她的尖叫聲現在聽起來有如銀鈴般悅耳。

「這就是對妳們壞心腸的懲罰。」倫普丁驕傲的宣告，「妳們現在非常、非常美，妳們得這樣過一輩子！」

女巫們不可置信的瞪著倫普丁。

「呃，倫普丁，你可不可以也幫我……」妮弗說。

可是女巫們卻開始嚎啕大哭。

她們埋怨自己的悲慘命運，絕望的抓扯自己發亮的頭髮和昂貴的禮服。她們用雙手掩住無懈可擊的臉孔，一邊哀號：

「不要！千萬不要啊！」

「你不可以對我們做這麼殘忍的事！」

「拜託，拜託，把我們變回原來的醜樣子！」

「小毛怪！幫幫我們！我們可以實現你的任何願望！」

倫普丁不斷咬著嘴脣，覺得不太舒服。變身後的女巫很不快樂，他簡直開始對她們感到愧疚了，可是……

「等一下！」倫普丁打斷她們，同時皺起眉頭。

「任何願望？你們是說，可以實現我的任何願望？我可以問你們當中最聰明、最有智慧的那一位？」

「什麼願望都行！任何一個！」女巫們哭喊。

希爾德從中走出來。

「最聰明、最有智慧的，」她重複說，「那應該就是我了。」

「呃……妳？」呼嚕說。

「有意見嗎？」希爾德噘起美麗的嘴唇，「我可以實現你們任何的願望，回答你們的問題。我答應你們。」

妮弗和希弗一聽立刻亮起眼睛。他們馬上就會知道謎題的答案了，終於！

倫普丁整張臉也亮起來。

只有呼嚕將手交叉在胸前，擺明了不信。

「但是你們得先來。」希爾德要求，「反咒語，請吧！」

倫普丁再度舉起前腳。

所有的女巫既美麗又優雅，
現在面目一新，
阿布拉卡達布拉，來三回白尾！

又是砰一聲。

雲霧又自林間空地上方降下。

當雲霧升起……

「哎呀！」呼嚕叫起來。

倫普丁不好意思的朝派對地點一看，啊，獨角獸！牠們有銀色和玫瑰色的皮毛，每一隻都有雪白色的鬃毛和尾巴。牠們氣得嘶嘶叫，抬起前蹄亂抓。

「好可愛啊！」妮弗說，「可以騎嗎？」

「看牠們的表情就知道這咒語是錯的。」希弗說。

「倫普丁，你再試一次！」

「可是這咒語應該沒錯。」倫普丁不知所措，「齊瑪林在練習時總是用這個反咒語，我很確定。」

「那你一定是在一個很小的地方弄錯了。」希弗說，「只是……是哪個地方呢？」

「哈，這是謎語！」妮弗雀躍大喊，「來吧，希弗，如果我們找不到答案……哈！我就吃掉一支女巫掃把！」

精靈姐弟開心的站起來。他們翻筋斗，手牽手，興高采烈的在月光下跳舞，一邊想著、猜著，最後妮弗大喊：

「耶！就是這個！」

她興奮衝向倫普丁，在他耳邊小聲說出答案。

「啊！妳……妳確定？」倫普丁遲疑的問。

「不確定。」妮弗說，「反正試一試總沒差。」

倫普丁不確定的抬起前腳，他的前腳顫抖著。

獨角獸顯得很不耐煩。「希望這次會成功！」倫普丁心想，這時他突然明白了齊瑪林為什麼要經常練習：錯誤的咒語會造成大混亂！

倫普丁深吸一口氣。
然後他在林間空地上方喊：
所有的女巫既美麗又優雅，
現在面目一新，
阿布拉卡達布拉，來三回熱汗！

16 倫普丁的願望

臭氣沖天的黑色煙霧自林間空地上方降下。已熄滅的火再度燃起，而且，砰的一聲，獨角獸變成了邪惡、醜陋的老巫婆。而且，她們比之前還醜！

一陣歡呼聲響起。

「哇！」女巫們大叫，

「哇！這個小毛怪太厲害了！」

這群醜姐妹們用她們變形的腿又蹦又跳，張著無牙的嘴大笑，開心揮動她們的掃把。她們忘情的晃動著從破襪子中露出的黑色腳趾頭，火花從骨頭浮出的手指裡噴出來。她們戲謔的互抓有如盤子般的大耳朵，讚嘆著對方長突疣的鷹勾鼻。她們比較著彼此破爛衣服上的霉斑，輕敲對方的駝背。她們盡情跳舞，奮力跳躍，很快就滿頭大汗，汗水從她們滿是皺紋的脖子流下。

「所以不是『白尾』，而是『熱汗』。」呼嚕說。他佩服的看了妮弗和希弗一眼，「你們絕對是全世界最聰明的精靈！」

「而你是全世界最可愛的小豬！」妮弗說，對他報以一個溫柔的微笑。

呼嚕的臉唰一下紅到了鼻嘴。

還好這時倫普丁喊：「喂！希爾德！現在我們能不能來談談我們的願望？」

希爾德跛著腳走到他們那裡，微笑著拭掉額頭上的汗水。

「當然！」她的聲音沙啞，「說話要算話。你可不要又把我們變漂亮……好，你說吧！」

倫普丁的心跳開始加快。精靈姐弟睜著晶亮的眼睛看著他。呼嚕對他鼓勵的點點頭。現在！現在他在那裡了！現在倫普丁可以問所有的事情！他可以知道所有他想知道的事。這趟旅程值得了！他達成目標了！

「現在呢？」希爾德不耐煩的問。

但是倫普丁吐不出一個字來。

因為，突然間……

突然間，倫普丁的喉嚨像是被一大團東西塞住了。

他不禁想起齊瑪林溫暖的眼神，想起他美麗舒適的房間，想起小村子，想起河流，想起他想和呼嚕一起建造的水壩。

倫普丁想家了。

他想念齊瑪林！親愛的齊瑪林一定也想念他……齊瑪林一定也在找他的倫普丁。

齊瑪林一定擔心死了。他晚上一定很寂寞，因為沒有倫普丁躺在他大腿上，讓他搔搔小肚子。可憐的齊瑪林。

可惡！該死！他倫普丁到底在這裡做什麼？他從哪裡來根本無所謂，重要的是，他屬於哪裡——他屬於魔法師齊瑪林。

「我想要，」倫普丁說。瞬間，整個派對地點寂靜無聲，「我只想要回家。」

「什……什麼？」精靈姐弟驚訝得張大嘴巴。

呼嚕看著倫普丁，不知如何是好。

「回家？」希爾德啞聲說，「我求之不得！反正我希望把我變漂亮的那個人，最好離我遠遠的！」

「倫普丁，」呼嚕驚訝說，「可是……」

「呼嚕，你很快就能見到你媽媽了。」倫普丁微笑說，「而我可以見到齊瑪林。」

「而我們可以見到開滿花朵的草地。」希弗說。

「是啊……」妮弗嘆息。

希爾德舉手招來三個女巫。「我們把他們送回家！」

「我媽媽總是說：『金窩銀窩不如自己的狗窩。』」呼嚕說。他好想家。

倫普丁忍不住笑了，同時也流下眼淚。「回家！」他喊著，他的心情變得和羽毛一樣輕盈。

17 回家

四個朋友分別爬上四個女巫的掃把。希爾德和她的三個姐妹載著他們起飛。

哇！女巫掃把速度真快！一眨眼他們就在樹冠上方了。再一眨眼，他們就衝上山的最高峰了。

再一眨眼，他們已經飛在

雲層上方。

倫普丁緊緊抓著希爾德。風冰冷的吹著他的皮毛，不過他完全不想閉上眼睛，因為他不想錯過這個廣闊遙遠世界裡的任何小細節。

他看著無盡的森林。他看著連綿的山脈，山脈突然顯得好小。芝諾和松鼠人正在某處用他們的利牙嚇唬對方。一想到這裡，倫普丁不禁微笑起來。

他看到遠方的海，太陽正緩緩從海平面升起。海是如此浩瀚、神祕而美麗。娜娜米在那裡游來游去，從水裡撈出小小的寶物。

倫普丁交了這麼多的新朋友！內心裡充滿溫暖的感謝。

女巫的掃把穿過雲層，下方是……開滿花朵的草地！花朵上還掛滿清晨的露珠。

女巫們低飛繞行了一大圈，然後降落，讓精靈姐弟下來。

「這是第一站，請吧！」希爾德啞聲說。

「到家了！」希弗開心大喊。

「唉……」妮弗卻嘆氣。

「可是謎題……」希弗責怪的看著倫普丁說，「就無解了。」

「唉……」妮弗又嘆了口氣。

呼嚕什麼也沒說。

他和妮弗四眼相對。

他們互望了很久。

妮弗突然用力親了呼嚕一下，就在他的鼻嘴中間！

「唉……」呼嚕嘆氣。

妮弗飛走了，展開的翅膀就像花瓣般溫柔美麗。

「姐姐等我！」希弗飛去追妮弗。

「我們會再見的！」倫普丁在他們背後喊著，「一定會的！」

「再見，你們這兩隻小蝴蝶！」希爾德喊。

「再——見！」其他三個女巫齊聲大喊。

呼嚕根本沒出聲，只是出神的看著。

女巫們再次全力加速，呼嚕和倫普丁必須手腳並用，緊緊抓牢掃把，才不會掉下去。

咻一聲，開滿花朵的草地就不見了。

晨光中，一切都籠罩在金色光芒裡。倫普丁和呼嚕飛過潺潺河流、木橋和村裡的街道。最後，女巫們停在倫普丁家和呼嚕家的中間。

「終點站到了！」希爾德宣告，「可以的話，我們永遠都不要再見！」

女巫們狂笑著飛走，下一秒便消失在早晨的天空裡。

倫普丁和呼嚕單獨站在那裡。

小村還在沉睡中。

不過，麵包店已經傳來香噴噴的味道，街上有幾隻母雞咯咯叫。

「我們回來了。」倫普丁說。

呼嚕只是點點頭。

「真是一場大冒險，對吧？」倫普丁偷瞄著呼嚕，語氣有點不確定。他的朋友是不是在生他的氣？因為他白費了這所有的力氣？

但是，當呼嚕回看倫普丁時，他的眼睛閃耀著前所未有的光芒。「是的，真是一場大冒險！真的很好玩！」

「你可以大聲說嘛！」倫普丁鬆了一口氣。

「那我進屋裡去了。」呼嚕說，「倫普丁，待會兒見？」

「好啊！」倫普丁點點頭，「如果你不必打掃的話。」

「打掃？」呼嚕重複他的話，然後笑了起來。

「我不必打掃。還有太多太多冒險等著我們！我們真的沒時間打掃！掰掰，倫普丁，來！擊掌！」

倫普丁和呼嚕互相擊掌，倫普丁不禁笑了。呼嚕的媽媽如果看到她的小豬現在變成一個超級勇敢的冒險家，會說什麼呢？而魔法師齊瑪林發現他的倫普丁整整不見三天，又會說什麼呢？倫普丁開始有點忐忑不安。

他看著朋友的背影。呼嚕正跳上大門階梯，按下門鈴，穿著睡袍的豬媽媽打開了門。

「呼嚕！呼嚕！呼嚕！」她開心尖叫，將她的小豬抱進懷裡，接著只聽見門的嘎吱聲。大門又關上了。

倫普丁獨自站在街上……
孤單單一個人，心中懷著忐忑害怕的念頭。

18 齊瑪林的心

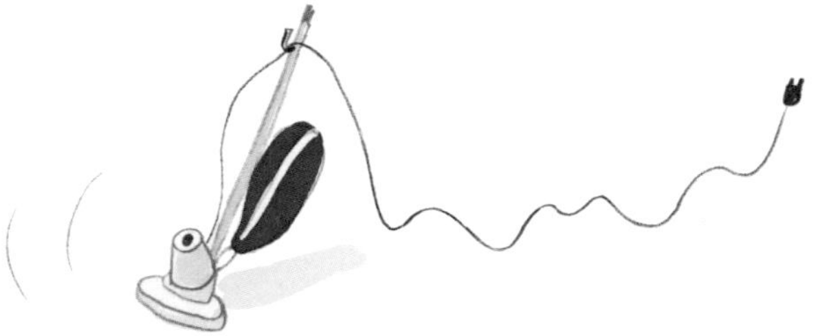

倫普丁走向齊瑪林的小房子。

煙從房內壁爐飄出。倫普丁的腳步愈走愈慢。

說不定齊瑪林在生氣，因為倫普丁跑掉了。說不定他真的很生氣。說不定……倫普丁的心臟停了一下……甚至齊

瑪林有了一隻新寵物！這樣小房子裡就沒有倫普丁的位置了。甚至有隻生物舒服的躺在齊瑪林的腿上，讓他搔搔小肚子。說不定齊瑪林最後決定養一隻忠實的狗？或者一隻可愛的小貓咪？

這些想法讓倫普丁很不舒服。他想給自己打氣，所以開始唱起歌。

「一隻倫——倫——倫普丁在魔法師家跳舞，滴——得——頓……」

這首趣味歌曲沒有繼續唱完，因為房子裡傳來魔法師激動的聲音：

「倫普丁？倫普丁，是你嗎？」

倫普丁的心狂跳著。

「是！」他大叫，「是我！」

魔法師一把拉開大門。他的眼睛看起來很疲倦，魔法師的帽子不見了，他的臉因為擔憂而布滿皺紋。他衝向倫普丁，一把將他舉起，抱進懷裡，接著喃喃問：「噢，倫普丁！你去哪裡了？」

「去廣闊遙遠的世界。」倫普丁解釋，他開心的緊貼著齊瑪林。

「廣闊遙遠的世界？」魔法師深吸一口氣，「聽起來

像是一個很長的故事。」他接著說。

「我們進去家裡，然後你再好好跟我講講所有的一切，好嗎？」齊瑪林微笑著，「要不要新鮮的塵屑團和熱可可？」

「我找你找遍了全村。」當他們倆坐在沙發上，齊瑪林一邊輕輕搔著倫普丁耳後一邊說。我按遍了每一家的門鈴，我去遊樂公園、麵包店，去村子裡的池塘邊、河邊、田裡，到處都找不到你。你去哪兒了，我的倫普丁？」

於是倫普丁一五一十描述了他的旅程。當齊瑪林聽到他的小倫普丁認識一隻松鼠人和一個真正的吸血鬼時，他的臉色發白。相反地，他覺得娜娜米是好人。然而，當倫普丁最後說到女巫時，齊瑪林不禁雙手抱頭。

「我可憐的倫普丁！這一切就只是因為你想知道……」他打斷倫普丁的話。

倫普丁聳聳肩。「是的，就只是因為這樣。現在我還是不知道，世界上有另一個倫普丁嗎？我是什麼生物？我大概永遠都不會曉得。」

魔法師嘆氣。他不自覺的拉拉倫普丁的耳朵，摸摸他的小肚子，用手指撫平他的皮毛。

然後他站起來，說：「好吧，經過了這場冒險，也許你也夠大了，可以知道這件事了。」

倫普丁驚訝的抬起眼睛。齊瑪林知道答案？這是真的嗎？倫普丁在廣闊遙遠的世界裡四處找遍了，而謎題的解答其實一直在魔法師的小房子裡？

「倫普丁，」齊瑪林一臉嚴肅，「你想過你為什麼這麼愛吃塵屑團和餅乾屑嗎？還有你為什麼這麼愛到處咬東西，就像……？」

「就像？」倫普丁皺起眉頭。

他想起當他咬斷老橡樹枝條時，松鼠人說的話。

「呃……水獺？」他迷惑的問，「我是一隻水獺？那我一定屬於一種很稀有的物種……」

「不是，你不是水獺！」齊瑪林忍不住笑了。「也許我應該交代得更清楚一點。好，倫普丁，整件事是這樣的。」

現在輪到齊瑪林說故事了。

當時，在還沒有倫普丁之前，他比現在更忙碌，變更多魔法。晚上，當他累倒在沙發上時，他覺得很寂寞。他想要的不只是在他周圍的桌子、椅子和電視週刊，而是溫暖的、柔軟的、活生生的東西。

一天夜裡，他寂寞得睡不著覺，當下就決定拿起他的魔法棒進行一個小實驗。

「我將魔法棒指著正好隨便放在客廳裡的一個東西。」齊瑪林說，「我要將它變成一隻寵物。比如說一隻嚙齒動物。但是，呃……」他臉紅了，「但是，事情和我想的不一樣，因為那東西沒有變成一隻兔子或一隻豚鼠，而是變成……一把鋸子。

「一把鋸子？」倫普丁咯咯笑了。

「哎，鋸子也是有銳利的牙齒啊，就像嚙齒動物一樣。」齊瑪林辯解。「可是我想要的是一隻活生生的動物，所以我又嘗試了一下，用我自己發明、直接發自我內心的一句咒語。然後，倫普丁，我成功了！地上的鋸子不見了，而是坐著一隻可愛的、毛茸茸的小生物，好奇的看著我。」

「這隻可愛的、毛茸茸的小生物，」倫普丁屏住呼吸，「就是……？」

「是的。」齊瑪林溫柔摸著倫普丁的頭。「那就是你，倫普丁。我第一眼看到你，就很喜歡你！」

倫普丁的耳朵抽動一下，腦海一片混亂。變出倫普丁的那句咒語，是直接發自齊瑪林的內心。真好！而齊瑪林第一眼看到倫普丁就很喜歡，這更好！

儘管如此，倫普丁還是有點迷惑。那他最初是什麼？一把鋸子？他喜歡到處咬東西，是因為他有很短的時間是一把鋸子，可是在那之前呢？在那之前，他是隨便放在客廳裡的一樣東西……

倫普丁隨手抓起一團塵屑，

突然間，他明白了。

塵屑團。

餅乾屑。

沒錯，當然！

「吸塵器。」倫普丁說，接著忍不住笑出來，「我是吸塵器，對吧？」

「沒錯。」齊瑪林微笑，「而且你知道嗎？你還是這一帶最棒的吸塵器！我的小房子永遠又乾淨又整齊，因為你不只吸灰塵，也吸所有地上的東西。你餓的時候，可是活力十足！你尤其喜歡那些吸進去時會發出強烈咕隆咕隆聲的東西，像是核桃殼或小石頭。你一直都是很特別的，我的倫普丁，即使在你還是吸塵器的時候！」

魔法師笑了，倫普丁也跟著笑了。

「很特別的。」倫普丁快樂的想著，「對齊瑪林來說，我是很特別的，我直接出自他的內心！」

倫普丁滿足的窩在齊瑪林的大腿上。齊瑪林輕輕搔著他的耳後。

這時倫普丁才發現自己好累！去陌生的地方旅行、冒險犯難是很棒，但是也相當辛苦！

「倫普丁，在你睡著之前，」齊瑪林小聲的說，「我還要給你一個建議：我今天不練習變魔法好不好？我將工作室鎖起來，我們兩個一起玩，玩一整天。還是我們出去走走也行。」

「太棒了！我喜歡出去走走。」倫普丁喃喃說著，「可以帶呼嚕一起嗎？我們最喜歡什麼都一起做……」

可是，倫普丁話還沒講完就進入夢鄉了，他看起來放鬆極了。

他帶著充滿期待的微笑睡著了。

終曲

「什麼東西坐在樹上叫『啊哈』？」

「一隻有語言障礙的貓頭鷹。」

「什麼東西是灰色的，而且不會飛？」

「我知道。」

「哪一種蘋果不好吃？」

「我也知道。」妮弗說，「好了，希弗，別說了，我們知道所有的謎語，所有的，包括倫普丁的謎語！」

希弗點頭，嘆息說：「我知道。」

「他們現在不知道好不好？」妮弗若有所思的說，「倫普丁，還有呼嚕。」

精靈姐弟看著湛藍的天空。

「真是一次很棒的旅行。」希弗說。

「我相信那個小村離這裡一點也不遠。」妮弗說。

精靈姐弟彼此對看。

他們會心一笑。

然後飛走了。

國家圖書館出版品預行編目資料

倫普丁和勇敢的朋友們：到廣濶遙遠的世界冒險 /
尤麗.洛伊策(Julie Leuze)文；艾絲堤德.韓恩(Astrid Henn)圖；杜子倩譯.
-- 初版. -- 臺北市：幼獅, 2020.05
面； 公分. --(故事館；68)
譯自：Das Rumpelding, seine kleinen, mutigen Freunde und die große, weite Welt
ISBN 978-986-449-190-2(平裝)

875.59 109002308

·故事館068·

倫普丁和勇敢的朋友們～到廣濶遙遠的世界冒險～

Das Rumpelding, seine kleinen, mutigen Freunde und die große, weite Welt

作　　者＝尤麗・洛伊策Julie Leuze
繪　　圖＝艾絲堤德・韓恩Astrid Henn
譯　　者＝杜子倩
出 版 者＝幼獅文化事業股份有限公司
發 行 人＝李鍾桂
總 經 理＝王華金
總 編 輯＝林碧琪
主　　編＝韓桂蘭
編　　輯＝黃淨閔
美術編輯＝李祥銘
總 公 司＝(10045)臺北市重慶南路1段66-1號3樓
電　　話＝(02)2311-2832
傳　　真＝(02)2311-5368
郵政劃撥＝00033368

印　　刷＝錦龍印刷實業股份有限公司
定　　價＝280元
港　　幣＝93元
初　　版＝2020.05
書　　號＝ 984248

幼獅樂讀網
http://www.youth.com.tw
幼獅購物網
http://shopping.youth.com.tw
e-mail:customer@youth.com.tw

行政院新聞局核准登記證局版臺業字第0143號